LE BESTIAIRE

OU CORTÈGE D'ORPHÉE

동물 시집

오르페우스 행렬

기욤 아폴리네르 지음 | 라울 뒤피 그림
황현산 옮김

ㄴㄴ〉〈ㄷㄴ

차례

엘레미르 부르주에게

Orphée

Admirez le pouvoir insigne
Et la noblesse de la ligne :
Elle est la voix que la lumière fit entendre
Et dont parle Hermès Trismégiste en son Pimandre.

오르페우스

찬양하라 선線의 탁월한 힘을
그리고 그 고결함을 :
그것은 삼장 거인 헤르메스가
포이만드레스에서 말하는 빛의 목소리.

La tortue

Du Thrace magique, ô délire!

Mes doigts sûrs font sonner la lyre.

Les animaux passent aux sons

De ma tortue, de mes chansons.

거북이

마법의 나라 트라스의, 오 열광이여!
내 확실한 손가락이 리라를 울린다.
내 거북이의, 내 노래의
화음 속으로 동물들이 몰려들고.

Le cheval

Mes durs rêves formels sauront te chevaucher,
Mon destin au char d'or sera ton beau cocher
Qui pour rênes tiendra tendus à frénésie,
Mes vers, les parangons de toute poésie.

말

내 형식의 거친 꿈은 너를 탈 수 있을 테니,
황금 마차의 내 운명은 내 아름다운 마부가 되어
온갖 시의 모범, 내 시구들을
고삐 대신 미친듯 잡아당기리라.

La chèvre du Thibet

Les poils de cette chèvre et même
Ceux d'or pour qui prit tant de peine
Jason, ne valent rien au prix
Des cheveux dont je suis épris.

티베트의 산양

이 산양의 털도, 이아손을
그리 고생시켰던 황금 양털도
내가 반한 그 머리칼의
값어치는 따를 수 없지.

Le serpent

Tu t'acharnes sur la beauté.

Et quelles femmes ont été

Victimes de ta cruauté!

Ève, Eurydice, Cléopâtre;

J'en connais encor trois ou quatre.

뱀

너는 아름다움에 악착같구나.
네 잔인함에 희생된 여인들이
누구누구였더라!
이브, 유리디스, 클레오파트라,
그러고도 서넛이 더 남았네.

Le chat

Je souhaite dans ma maison:
Une femme ayant sa raison,
Un chat passant parmi les livres,
Des amis en toute saison
Sans lesquels je ne peux pas vivre.

고양이

내 집에 두고 싶은 것 :
사리를 아는 여자 하나,
책 사이를 거니는 고양이 한 마리,
하루도 거르고는 살 수 없는
사계절의 친구들.

Le lion

O lion, malheureuse image
Des rois chus lamentablement,
Tu ne nais maintenant qu'en cage
A Hambourg, chez les Allemands.

사자

오 사자여, 애통하게 추락한
왕들의 불행한 이미지여,
너는 함부르크의 철창에서만,
독일 땅에서만 태어나는구나.

Le lièvre

Ne sois pas lascif et peureux
Comme le lièvre et l'amoureux.
Mais que toujours ton cerveau soit
La hase pleine qui conçoit.

산토끼

산토끼처럼, 연애하는 남자처럼
음탕하지 말고 겁먹지 마라.
그러나 네 뇌수는 늘
임신중에 다시 배가 부르는 암토끼여야지.

Le lapin

Je connais un autre connin
Que tout vivant je voudrais prendre.
Sa garenne est parmi le thym
Des vallons du pays de Tendre.

토끼

내 또다른 토끼를 알고 있지
산 채로 붙잡고 싶은.
그의 소굴은 사랑의 나라
그 작은 골짜기 백리향 속에 숨어 있지.

Le dromadaire

Avec ses quatre dromadaires
Don Pedro d'Alfaroubeira
Courut le monde et l'admira.
Il fit ce que je voudrais faire
Si j'avais quatre dromadaires.

낙타

네 마리 낙타를 끌고
알파루베이라의 돈 페드로는
세계를 주유하며 경탄하고 경탄하고.
네 마리 낙타만 있었더라면
내가 하고 싶었을 일을 그가 했지.

La souris

Belles journées, souris du temps,
Vous rongez peu à peu ma vie.
Dieu! Je vais avoir vingt-huit ans,
Et mal vécus, à mon envie.

생쥐

시간의 미소, 아름다운 날들아,
너희들이 내 삶을 야금야금 갉는다.
맙소사! 이제 나도 스물여덟,
헛살아온, 내 멋에 겨워.

L'éléphant

Comme un éléphant son ivoire,

J'ai en bouche un bien précieux.

Pourpre mort!... J'achète ma gloire

Au prix des mots mélodieux.

코끼리

코끼리가 상아를 머금었듯이,
내 입에도 귀한 보물 하나 있지.
자줏빛 죽음! ……선율 높은
낱말을 팔아 나는 내 영예를 사지.

Orphée

Regardez cette troupe infecte
Aux mille pattes, aux cent yeux :
Rotifères, cirons, insectes
Et microbes plus merveilleux
Que les sept merveilles du monde
Et le palais de Rosemonde!

오르페우스

천 개의 다리, 백 개의 눈을 단
저 더러운 무리를 보시라 :
윤충들, 옴벌레들, 곤충들에
세균들, 세계 7대 불가사의 더하기
로즈몽드의 궁전보다 더 불가사의한!

La chenille

Le travail mène à la richesse.
Pauvres poètes, travaillons!
La chenille en peinant sans cesse
Devient le riche papillon.

애벌레

노동은 끝내 풍요에 이른다.
가난한 시인들아, 일하자!
애벌레는 끊임없이 고생해서
부자 나비가 된다.

La mouche

Nos mouches savent des chansons
Que leur apprirent en Norvège
Les mouches ganiques qui sont
Les divinités de la neige.

파리

우리네 파리들은 노래를 알지
저 하얀 눈의 신령들
가니크 파리떼가
노르웨이에서 가르친 노래.

La puce

Puces, amis, amantes même,

Qu'ils sont cruels ceux qui nous aiment!

Tout notre sang coule pour eux.

Les bien-aimés sont malheureux.

벼룩

벼룩도, 친구도, 애인마저도,
우릴 사랑하는 것들은 어찌 그리 잔인한가!
우리네 모든 피는 그들을 위해 흐르지.
사랑받는다는 인간은 불행하지.

La sauterelle

Voici la fine sauterelle,
La nourriture de saint Jean.
Puissent mes vers être comme elle,
Le régal des meilleures gens.

메뚜기

여기 성자 요한의 양식,
맛 좋은 메뚜기가 있도다.
내 시도 메뚜기처럼,
훌륭한 인사들의 진미가 되기를.

Orphée

Que ton cœur soit l'appât et le ciel, la piscine!

Car, pécheur, quel poisson d'eau douce ou bien marine

Egale-t-il, et par la forme et la saveur,

Ce beau poisson divin qu'est JÉSUS, Mon Sauveur?

오르페우스

네 마음은 낚싯밥, 하늘은 양어장이 아니랴!
죄 많은 어부여, 민물고기건 바닷물고기건,
어느 물고기가 자태로나 맛으로나 겨룰 수 있는가,
저 아름답고 숭고한 물고기 나의 주 예수와?

La dauphin

Dauphins, vous jouez dans la mer,

Mais le flot est toujours amer.

Parfois, ma joie éclate-t-elle?

La vie est encore cruelle.

돌고래

돌고래들아, 너희는 바다에서 놀건만,
날이면 날마다 파도는 쓰고 짜지.
어쩌다, 내 기쁨이 터져나올 날도 있을까?
인생은 여전히 잔혹하구나.

La poulpe

Jetant son encre vers les cieux,

Suçant le sang de ce qu'il aime

Et le trouvant délicieux,

Ce monstre inhumain, c'est moi-même.

낙지

하늘을 향해 먹물을 내던지고,
제가 사랑하는 것의 피를 빨고
그게 맛있음을 알아가는,
이 몰인정한 괴물, 그게 나로다.

La méduse

Méduses, malheureuses têtes

Aux chevelures violettes

Vous vous plaisez dans les tempêtes,

Et je m'y plais comme vous faites.

해파리

해파리들아, 보랏빛 머리칼
불행한 머리들아
너희들은 태풍 속이 편하고,
너희들을 따라서 나도 편하고.

L'écrevisse

Incertitude, ô mes délices

Vous et moi nous nous en allons

Comme s'en vont les écrevisses,

À reculons, à reculons.

가재

확실한 것이 없구나, 오 나의 희열들아
너희와 나, 우리는 함께 간다만
가재들이 걸어가듯,
뒷걸음으로, 뒷걸음으로.

La carpe

Dans vos viviers, dans vos étangs,

Carpes, que vous vivez longtemps!

Est-ce que la mort vous oublie,

Poissons de la mélancolie.

잉어

수족관에서도, 연못에서도,
잉어들아, 너희들은 참 오래도 산다!
우울의 물고기, 너희들을
죽음이 잊어버린 것인가.

Orphée

La femelle de l'alcyon,
L'Amour, les volantes Sirènes,
Savent de mortelles chansons
Dangereuses et inhumaines.
N'oyez pas ces oiseaux maudits,
Mais les Anges du paradis.

오르페우스

알키오네의 암컷도,

사랑의 요정도, 날개 달린 세이렌도,

위험하고 무정한

죽음의 노래를 알고 있지.

저 저주받은 새들은 그만두고,

들어야 할 것은 천국의 천사들.

Les sirènes

Saché-je d'où provient, Sirènes, votre ennui
Quand vous vous lamentez, au large, dans la nuit?
Mer, je suis comme toi, plein de voix machinées
Et mes vaisseaux chantants se nomment les années.

세이렌들

난바다에서 한밤에 너희들 슬피 울 때,
세이렌들아, 그 비탄이 웬일인지 말해주겠니?
바다야, 나도 음모의 목소리 가득한 너와 같으니,
노래하는 내 배들의 이름은 연년 세월.

La colombe

Colombe, l'amour et l'esprit

Qui engendrâtes Jésus-Christ,

Comme vous j'aime une Marie.

Qu'avec elle je me marie.

비둘기

비둘기여, 예수 그리스도를 잉태한
사랑과 성령이여,
그대들처럼 나도 마리를 사랑한다오.
그녀와 나 결혼하게 해주오.

Le paon

En faisant la roue, cet oiseau,
Dont le pennage traîne à terre,
Apparaît encore plus beau,
Mais se découvre le derriére.

공작

땅에 끌리는 꽁지깃으로,
이 새, 부챗살 바퀴를 만드니,
아름답긴 한결 아름답다만,
어쩌나 엉덩이가 다 드러나네.

La hibou

Mon pauvre cœur est un hibou

Qu'on cloue, qu'on décloue, qu'on recloue.

De sang, d'ardeur, il est à bout.

Tous ceux qui m'aiment, je les loue.

부엉이

내 헐벗은 마음은 한 마리 부엉이
못박히고, 뽑히고, 다시 박히고.
피도, 열의도 끝장났구나.
누구든 사랑만 해주면, 나는 감지덕지.

Ibis

Oui, j'irai dans l'ombre terreuse
O mort certaine, ainsi soit-il!
Latin mortel, parole affreuse,
Ibis, oiseau des bords du Nil.

이비스

좋다, 나는 땅의 어둠 속으로 가리라
오 확실한 죽음이여, 그렇지 아니한가!
죽음의 라틴어, 무시무시한 말,
이비스, 나일 강가의 새.

Le bœuf

Ce chérubin dit la louange
Du paradis, où, près des anges,
Nous revivrons, mes chers amis,
Quand le bon Dieu l'aura permis.

황소

이 그림 속 게루빔은 천국을 찬양한다
하늘에서 우리는 천사들의 눈길 아래,
다시 살아난다다, 사랑하는 친구들아,
착한 신이 허락하신다면.

주
석

찬양하라 선線의 탁월한 힘을

그리고 그 고결함을.

오르페우스는 이 오락 시집의 멋진 장식인 저 그림들을 그려낸 선을 찬양한다.

그것은 삼장 거인 헤르메스가

포이만드레스에서 말하는 빛의 목소리.

『포이만드레스』에는 이런 말이 있다. "머지않아 어둠이 내려오고, 그 어둠에서 빛의 목소리와도 같은 불분명한 비명이 솟아나올 것이다."

이 "빛의 목소리"는 데생, 다시 말해서 선이 아니겠는가? 그리고 빛이 온전하게 표현될 때 모든 것이 색깔을 띤다. 회화는 본질적으로 빛 언어다.

마법의 나라 트라스의,

오르페우스는 트라스에서 태어났다. 이 숭고한 시인은 메르쿠리우스에게서 받은 리라를 연주했다. 그리라는 가죽으로 둘러싼 거북이의 등딱지와 지지대 두 개, 받침대 한 개와 어린 양의 창자로 만든 현으로 구성되었다. 메르쿠리우스는 아폴론과 암피온에게도 이와 동일한 리라를 주었다. 오르페우스가 노래를 부르며 연주를 할 때는 야생동물들까지 모여들어 그의 찬가에 귀를 기울였다. 오르페우스는 모든 학문과 기예를 창안했다. 그는 마법에 기초하여 미래를 내다보고, 기독교의 관점에서 구세주의 강림을 예고했다.

내 형식의 거친 꿈은 너를 탈 수 있을 테니,
황금 마차의 내 운명은 네 아름다운 마부가 되어

페가수스를 처음 올라탄 자는 벨레로폰으로 키마이라를 무찌르러 떠날 때였다. 오늘날에도 수많은 키마이라가 존재하는데, 시의 극악한 적인 그것들의 하나와 전투를 벌이기에 앞서, 페가수스에 굴레를 씌우고 전차까지 매다는 것이 적절하다. 내가 무슨 말을 하는지 이해했으리라.

  임신중에 다시 배가 부르는 암토끼여야지.

 산토끼의 암컷은 이중 임신이 가능하다.

  네 마리 낙타를 끌고
  알파루베이라의 돈 페드로는
  세계를 주유하며 경탄하고 경탄하고.

『포르투갈의 왕자 돈 페드로가 세계 일곱 땅을 돌며 여행하는 동안 일어났던 일을 그가 수행원으로 데려갔던 열두 사람 가운데 하나인 고메즈 데 산티스테반이 기록한 행장기』라는 제목이 붙은 유명한 여행기는 포르투갈의 왕자 알파루베이라의 돈 페드로가 세계의 일곱 지역을 방문하기 위해 열두 명의 수행원과 함께 길을 떠났다고 말한다. 이 여행자들은 네 마리 낙타에 올라타고 스페인을 지나 노르웨이로 갔으며, 거기서 다시 바빌론과 성지로 갔다. 포르투갈의 왕자는 또한 요한 사제의 왕국들을 방문하고 3년 4개월 만에 자기 나라로 돌아갔다.

로즈몽드의 궁전보다 더 불가사의한!

이 궁전과 관련하여, 영국의 왕이 자기 애첩에게 느꼈던 사랑에 대한 증언으로, 작가를 알지 못하는 한 한탄가의 다음과 같은 구절이 있다.

로즈몽드를 숨겨두어, 왕비의
증오를 피하게 하려고,
왕은 그때까지 아무도 본 적이 없는
그런 궁전을 짓게 했네.

저 하얀 눈의 신령들
가니크 파리떼가

가니크의 파리가 모두 눈송이의 모습으로 나타나는 것은 아니지만, 많은 파리들이 핀란드나 랩랜드의 마법사들에게 길들여져서 그들에게 복종한다. 마법사들은 대를 이어 물려받은 파리들을 상자 속에 보이지 않게 가둬둔다. 때가 되면 파리들은 떼를 지어 날아가,

불멸의 생명을 지닌 만큼 마법의 언어로 노래하며 도둑들을 괴롭힌다.

　　여기 성자 요한의 양식
　　맛 좋은 메뚜기가 있도다.

　"요한은 낙타 털옷을 입고 허리에 가죽 띠를 두르고 메뚜기와 들꿀을 먹으며 살았다."마르코의 복음서. 제1장 제6절.

　　알키오네의 암컷도,
　　사랑의 요정도, 날개 달린 세이렌도,
　　위험하고 무정한
　　죽음의 노래를 알고 있지.

　선원들은 알키오네 암컷의 노래를 듣는 순간 죽음을 준비하지만, 다만 이 새들이 둥지를 트는 12월 중순경은 제외되는데, 그때는 바다가 평온하다고 생각했던 것이다. 사랑의 요정과 세이렌에 관해 말하자면, 이 불가사의한 새들은 하도 구성지게 노래를 해서 그것을 듣는 자들에게는 생명을 내놓더라도 그만한 노래의 대가로는 별로 아까울 것이 없다.

이 그림 속 게루빔은

신성에 복무하고 그 영광을 드러내는 천사들은 미지의 형태를 지닌 존재들과 지극히 놀라운 아름다움을 지닌 존재들로 구분된다. 게루빔은 날개 달린 암소이지만, 전혀 괴물 같지 않다.

착한 신이 허락하신다면.

시를 연습하는 사람들은 신 그 자체인 완전성밖에 다른 어떤 것도 추구하거나 사랑하지 않는다. 그런데 이 신의 선의, 이 높고 높은 완전성이 바로 그 선의와 완전성을 발견하고 영예롭게 하려는 것밖에는 삶의 다른 목적이 없는 자들을 버릴 것인가? 그건 불가능하다고 여겨지며, 내 생각에, 시인들은 죽음 뒤에 신에 대한, 다시 말해서, 높고 높은 아름다움에 대한 온전한 지식이 주는 지속 가능한 행복을 희망할 권리가 있다.

번 역 자 의   보 충   주 석

『동물시집—오르페우스 행렬』은 시인 아폴리네르와 판화가 라울 뒤피의 협력으로 1911년 3월에 발간되었다. 짧은 시 30편과 목판화 30점이 실려 있다. 이 시집의 재미는 필경 동물들이 인간의 속성을 각기 나눠 가지고 있다고 믿는 척하는, 가장된 순진성에 있을 것이다. 시구는 동물들을 묘사하는데, 그 묘사는 곧바로 인간 속성과 예술가적 삶에 대한 알레고리가 된다. 이 알레고리 또한 늘 어떤 교훈을 챙기지만 이 교훈에 억압적인 성격은 전혀 없어서 시의 오락성이 오히려 높아진다.

　아폴리네르의 시는 짧으면 4행 길면 6행이다. 시인은 이 작은 시 안에 많은 것을 담는다. 그의 넓고도 촘촘한 지식, 시와 예술에 대한 그의 개념, 정형화한 교

훈들, 동물들의 특징과 그것이 지닌 비유적 가치의 표현, 이미지와 말의 오락적인 선회 등이 네 줄이나 다섯 줄의 시 속에서 모두 해결된다. 라울 뒤피의 목판화는 이 짧지만 조밀한 시의 구조와 잘 어울린다. 그는 늘 문제의 동물을 그리고 거기에 풍경이나 시와 관련된 내용으로 액자를 두른다. 따라서 판화에는 당연히 박학한 지식이 함축된다.

이 시집에는 그 부제가 "오르페우스 행렬"인 것과 관련하여 오르페우스가 네 번 등장한다. 오르페우스가 리라를 뜯으며 노래를 할 때는 사람뿐만 아니라 온갖 야생동물들까지 모여들어 그의 뒤를 따랐다고 전설은 말한다. 이 시집에서 오르페우스는 네 가지 종류의 동물을 이끌고 나타나는 사람이다. 아폴리네르는 시집의 뒤에 붙인 '주석'에서 오르페우스가 학문과 기예의 창안자일 뿐만 아니라 그리스도의 강림을 예고한, 예수 이전의 기독교도라고 말한다.

첫번째 오르페우스는 포유류와 파충류, 곧 길짐승의 인솔자로 나타난다. 그러나 첫 오르페우스 시의 내용은 뒤피의 그림에 대한 찬양이다. 주석에서, 시인은 "빛의 목소리"라는 구절을 설명하기 위해 삼장 거인 헤르메스의 이름으로 서명된 책『포이만드레스』에서 "머지않아 어둠이 내려오고, 그 어둠에서 빛의 목소리와도 같은 불분명한 비명이 솟아나올 것"이라는 말을 인용한다. 판화가가 새긴 그림의 시각적인 "빛"은 시인의 "목소리"와 완전히 일치한다는 속뜻이 이 구절 속에 함축되어 있다. "삼장 거인 헤르메스"는 'Hermès Trismégiste'를 번역한 말이다. 'Trismégiste'는 보통 사람보다 키가 세 갑절 크다는 말.

거북이: 트라스는 오르페우스의 고향이다. 전설에 따르면 헤르메스는 거북이의 등딱지로 세 개의 리라를 만들어 음악의 신 아폴론과 리라 연주로 성을 지었다는 제우스의 아들 암피온, 그리고 오르페우스에게 각기 하나씩 선물했다고 한다. 그래서 거북이는 시인의 표장이 된다.

말: 그림 속의 말에는 날개가 달렸다. 이 날개 달린 말은 신화 속의 페가수스이며, 여기서 이 상상 동물이 시의 영감을 뜻하는 것은 말할 것도 없다. 말이 마부에게 복종하듯 영감이 시인에게 복종한다는 것이야말로 시인의 이상이다.

티베트의 산양: 절벽을 타고 올라가는 티베트의 산양은 잡기 어렵다. 그보다 더 손에 넣기 힘든 것은 이아손이 구하러 갔던 황금 양모다. 그러나 가장 얻기 어려운 것은 아름다운 머리칼을 지닌 그 여자의 사랑이다. 시인은 "내가 반한 그 머리칼"이라고 말하면서 당시 그의 애인이었던 마리 로랑생을 염두에 두고 있을 것이다.

뱀: 뱀은 여기서 남성기의 상징이다. "그러고도 서넛"이라고 말할 때 시인은 자신의 이력을 자랑하고 있을지도 모른다.

고양이: 아폴리네르는 세상을 떠나기 6개월 전에야 결혼하여 "사리를 아는 여자"와 함께 살 수 있었다. 고양이를 집에 두지는 못했다. 그러나 친구들은 늘 많았다.

사자: 철창 속에 갇혀 있는 사자는 비극적이다. 특히 함부르크는 당시 유명한 동물 거래인 칼 하겐벡Carl Hagenbeck, 1844~1913의 동물원이 있던 곳이다.

산토끼, 토끼: 산토끼와 토끼는 음탕하고 겁이 많아

연애하는 남자의 상징이 된다. 그러나 산토끼의 암컷은 그 수태 능력으로 좋은 시인의 상징이 된다. "산토끼의 암컷은 이중 임신이 가능하다"라고 시인은 주석에서 쓴다. 프랑스어 동사 'concevoir'에는 '임신하다'의 뜻과 '생각하다'의 뜻이 함께 들어 있다.

낙타: 여기서 낙타는 그림에서 보는 것처럼 '단봉낙타dromadaire'를 말한다. 단봉낙타는 특히 달릴 때의 그 속력으로 이름높다. 아폴리네르가 알파루베이라의 돈 페드로의 여행기를 직접 읽은 것은 아니다. 그 여행기를 소개하는 다른 책들이 많다.

생쥐: 이 시를 쓴 1908년에 아폴리네르는 스물여덟이었다. 그림 속에서 생쥐는 숨은그림찾기에서처럼 하단에 작게 그려져 있다. 시간의 상실은 늘 그렇게 의식되지 않는다.

코끼리: 코끼리의 상아는 적을 방어하기 위한 것이지만, 코끼리는 그것 때문에 죽는다. 시인도 자기 입으로 보물을 만들어내지만, 그 일로 생명이 고갈된다.

두번째 오르페우스는 곤충과 벌레의 인솔자다. 그림 속의 오르페우스는 수많은 미물들과 꽃에 둘러싸여 있다. 그러나 시인의 다루고 있는 곤충은 애벌레, 파리, 벼룩, 메뚜기로 네 가지 생명뿐이다.

애벌레: 애벌레는 노력하여 나비로 변신하겠지만, 나비도 철없고 경박할지도 모른다. 그림 속에서 몸을 둥글게 말고 있는 애벌레 주위로 그것을 고치처럼 감싸는 창조와 변화의 공간이 하얗게 그려져 있다. 젊은 시인은 늘 변신을 기다린다.

파리: "가니크 파리"는 북구 신화에서 눈의 신령이다. '가니크'는 그리스어에서 온 말로 '빛'을 의미한다. 시인이 노래하는 것은 결국 빛이다. 한편 박학한 아폴리네르는 '주석'에서 "많은 파리들이 핀란드나 랩랜드의 마법사들에게 길들여져서 그들에게 복종한다. 마법사들은 대를 이어 물려받은 파리들을 상자 속에 보이지 않게 가둬둔다. 때가 되면 파리들은 떼를 지어 날아가, 불멸의 생명을 지닌 만큼 마법의 언어로 노래하며 도둑들을 괴롭힌다"라고도 쓰고 있다. '랩랜드'는 노르웨이, 스웨덴, 핀란드 등 북구 3국을 말한다.

벼룩: 아폴리네르는 자신을 늘 '사랑받지 못한 사내

mal-aimé'라고 생각했다. 그러나 이 시를 보면 '사랑
많이 받는 사내bien-aimé'와 '사랑받지 못한 사내'의 차
이는 별로 없다. 사랑받지 못한 사람은 한꺼번에 고통
을 받고 사랑받는 사람은 오랜 시간을 두고 그 고통을
나눠 받는다.

메뚜기: 성자 요한, 곧 세례 요한은 들판에서 예수가
와서 사람들을 구원할 것이라고 말할 때 메뚜기와 석
청으로 연명했다. 성자 요한과 오르페우스는 모두 여
자들에게 희생된 사람들이며, 모두 예수를 예언한 자
들이다. 그 둘은 같다. 따라서 성자 요한의 양식은 시
인의 양식이다.

세번째 오르페우스 뒤로는 물고기들, 정확히 말해서
물에 사는 생물들이 따른다. 시인은 하늘이라는 양
어장에서 영감을 낚시질하기에 "죄 많은pécher" 어부
pêcher다. 그런데 예수는 "물고기"다. 그림 속에서 한
돌고래의 등에 "$IX\Theta Y\Sigma$"라는 그리스어가 새겨져 있
다. '물고기'라는 뜻의 이 낱말은 그리스어로 '신의 아
들 예수 그리스도, 구세주'라는 말의 첫 글자를 모은
것이다.

돌고래: 서양의 문화적 전통에서 돌고래는 일반적으로 경쾌하고 기민한 지성을 상징한다. 돌고래들은 바다의 짠 물결을 두려움도 없이 놀이터로 사용한다. 그러나 영감이 고갈된 시인은 깊은 바다에 들지 못하고 늘 해변에 좌초한다.

낙지, 해파리: 서구 문화에서는 물고기가 예수의 상징인 반면 낙지와 해파리는 자주 악마의 상징으로 나타난다. 시인은 그 작업 조건 때문에 낙지와 해파리의 삶에 자주 휘말려 들어가곤 한다. 한편으로는 해파리를 뜻하는 프랑스어 'méduse'는 머리카락이 뱀인 마녀, 그래서 보는 사람을 돌로 변하게 한다는 마녀 메두사를 가리키는 말이기도 하다.

가재: 뒷걸음질 치는 가재는 전통적으로 노력에도 불구하고 자신의 욕망에서 점점 멀어지는 나쁜 상황을 우의한다. 아폴리네르는 젊었을 때 자신의 처지가 그렇다고 늘 생각했으며, 뒷걸음으로 물러서는 자신의 모습을 「사랑받지 못한 사내의 노래」를 비롯한 여러 편의 시에서 그렸다.

잉어: 잉어는 수명이 길다고 알려져 있는 물고기다.

그러나 수명이 긴 나머지 잊혔기에 "우울의 물고기"다. 특히 '수족관'으로 번역한 프랑스어 'vivier'는 말뜻 그대로 풀자면 '살려두는 곳'이다. 우울하게 잊혀 편하게 오래 살아가는 시인들도 많다.

다섯번째 오르페우스는 새들, 정확히 말하면 날개 달린 것들의 대장이다. 날개 달린 존재들 가운데 "알키오네의 암컷"은 아폴리네르의 주석에 따르면 선원들에게 그 울음으로 죽음을 예고하기 때문에, "사랑의 요정"은 사랑의 열정으로 인간을 괴롭히기 때문에, "날개 달린 세이렌"은 그 아름다운 노래로 선원들을 미혹하기 때문에 저주받은 새들이다. 그러나 "천국의 천사들"이 있으니 그 저주를 한꺼번에 막아줄 수 있다. 시는 자주 저주에서 시작하지만 구원으로 끝나는 경우도 많다.

세이렌들: 시인은 세이렌들의 노래와 자기 시가 닮았다고 생각한다. 자기 시는 "연년 세월"이라는 이름의 배를 타고 기억의 바다를 항해하기 때문이다. 시인은 자신의 기억 속에 익사할 수 있다. 『알코올』 시에서 「랜더로드의 이민」의 처지가 그와 같다.

비둘기: 이 시에서도 '마리'는 마리 로랑생이다. 두 연인은 결혼할 뻔했다. 그러나 『동물시집』이 발간된 시기 이후 두 연인의 관계는 금이 가기 시작했으며, 한 해가 되기 전에 결별한다.

공작: 아폴리네르는 뒤피에게 '공작'의 판화를 부탁할 때 새가 꼬리를 길게 끌고 있는 모습에 중점을 두어달라고 말했다. 뒤피는 그 부탁을 들어주었으며, 공작의 꼬리와 평행하게 계단의 난간을 배치함으로써 그 화려한 자태를 더욱 돋보이게 했다.

부엉이: 시인은 자신과 부엉이를 동일시하면서 "못 박히고, 뽑히고, 다시 박히고"라고 쓴다. 유럽의 농가에서는 허수아비 대신 죽은 부엉이를 지붕에 못박아 놓아 새떼들을 쫓는다.

이비스: 이비스가 죽음의 새가 되는 것은 오로지 나일 강에 살기 때문이다. '나일'의 프랑스어 Nil은 라틴어 nihil과 발음이 통한다. '니힐' 곧 허무에서 사는 새는 죽음의 새다.

황소: 황소가 새들의 둥지에 들어 있는 것은 기이하

다. 그러나 이 황소는 천국의 두번째 천사인 게루빔이다. 게루빔은 황소의 몸에 날개가 달렸다.

『동물시집―오르페우스 행렬』은 예술의 속성을 가볍게 우의하는 시집이지만 또한 죽음의 시집이다. 이 죽음을 통해 이 세상은 다른 세상으로 연결되고, 농담이 지혜로운 예언이 되고, 시는 또하나의 깊이를 얻는다. 그래서 죽은 거북이의 등딱지로 만든 악기를 기리는 데서 시작하는 시는 가장 육중한 짐승 가운데 하나인 황소를 타고 승천하여 "착한 신"을 찬양하는 시로 끝난다.

이 번역은 Guillaume Apollinaire, *Le Bestiaire ou Cortège d'Orphée*, Œuvres poétiques. Edition établie et annotée par Marcel Adéma et Michel Décaudin. Paris, Gallimard (「Bibliothèque de la Pléiade」), 1965를 대본으로 삼았다. 이 시집에 대한 가장 자세하고 훌륭한 설명은 Anne Hyde Greet, *Apollinaire et le livre de peintre*, Minard, 1977에서 만날 수 있다.

맺
음
시

VITAM IMPENDERE AMORI

L'amour est mort entre tes bras
Te souviens-tu de sa rencontre
Il est mort tu la referas
Il s'en revient à ta rencontre

Encore un printemps de passé
Je songe à ce qu'il eut de tendre
Adieu saison qui finissez
Vous nous reviendrez aussi tendre

사랑에 목숨을 걸다*

사랑은 네 품에서 죽었다
그 만남을 기억하는가
그 사랑은 죽었으니 이제 다시 만나야 하리
사랑이 너를 다시 만나러 온다

아직도 과거의 어느 봄
사랑이 쥐고 있던 그 다정함 나는 꿈꾼다
잘 가거라 끝난 계절이여
그대는 그때처럼 다정하게 다시 돌아오리라

Dans le crépuscule fané

Où plusieurs amours se bousculent

Ton souvenir gît enchaîné

Loin de nos ombres qui reculent

O mains qu'enchaîne la mémoire

Et brûlantes comme un bûcher

Où le dernier des phénix noire

Perfection vient se jucher

La chaîne s'use maille à maille

Ton souvenir riant de nous

S'enfuit l'entends-tu qui nous raille

Et je retombe à tes genoux

이 사랑 저 사랑이 서로 떠밀어대는
빛바랜 황혼 속에
네 추억이 마법에 묶여 누워 있다
물러서는 우리 그림자에서 멀리 떨어져

오 기억에 묶이는 두 손이여
저 마지막 불사조 그 검은
완성이 앉으러 오는
모닥불처럼 불타는 두 손이여

사슬은 한 고리 한 고리 닳아진다
우리를 비웃는 너의 추억은
멀어진다 우리를 비웃는 그 소리 들리느냐
나는 다시 무너져 네 앞에 무릎 꿇는다

Tu n'as pas surpris mon secret

Déjà le cortège s'avance

Mais il nous reste le regret

De n'être pas de connivence

La rose flotte au fil de l'eau

Les masques ont passé par bandes

Il tremble en moi comme un grelot

Ce lourd secret que tu quémandes

너는 내 비밀을 알아채지 못했다
벌써 행렬은 나아가도
우리에게 후회는 남는다
똑같이 놀지 않았다는

장미는 물결 따라 흘러가고
가면들은 떼를 지어 지나갔다
네가 캐묻는 저 무거운 비밀들은
내 안에서 방울처럼 뜬다

Le soir tombe et dans le jardin

Elles racontent des histoires

A la nuit qui non sans dédain

Répand leurs chevelures noires

Petits enfants petits enfants

Vos ailes se sont envolées

Mais rose toi qui te défends

Perds tes odeurs inégalées

Car voici l'heure du larcin

De plumes de fleurs et de tresses

Cueillez le jet d'eau du bassin

Dont les roses sont les maîtresses

저녁 어둠이 내리고 정원에서
그녀들은 지난날을 이야기한다
멸시를 떨치지 못하고 저들의
검은 머리칼 날리는 저 밤을 향해

아이들아 아이들아
너희들의 날개는 날아갔다
그러나 장미야 너는 스스로를 지키건만
비할 데 없는 네 향기를 잃는다

바야흐로 이제 깃털과 꽃과
머리 타래를 도둑맞는 시간이 왔으니
거기 비친 장미들의 애인
저 연못의 분수를 꺾어라

Tu descendais dans l'eau si claire

Je me noyais dans ton regard

Le soldat passe elle se penche

Se détourne et casse une branche

Tu flottes sur l'onde nocturne

La flamme est mon coeur renversé

Couleur de l'écaille du peigne

Que reflète l'eau qui te baigne

너는 그토록 맑은 물속으로 내려갔다
나는 네 시선 속에 잠겨들었다
병정이 지나가고 그녀는 고개를 숙이고
몸을 돌려 나뭇가지 하나를 꺾는다

너는 밤의 파도 위를 떠다닌다
불꽃은 거꾸로 선 내 심장
머리빗 그 빗살의 색깔이여
너를 적시는 그 물에 어린다

O ma jeunesse abandonnée

Comme une guirlande fanée

Voici que s'en vient la saison

Et des dédains et du soupçon

Le paysage est fait de toiles

Il coule un faux fleuve de sang

Et sous l'arbre fleuri d'étoiles

Un clown est l'unique passant

Un froid rayon poudroie et joue

Sur les décors et sur ta joue

Un coup de revolver un cri

Dans l'ombre un portrait a souri

La vitre du cadre est brisée

Un air qu'on ne peut définir

오 시든 꽃줄 장식처럼
버림받은 내 청춘이여
이제 바야흐로 멸시와
의혹의 계절이 떠나간다

풍경이 천으로 짜여진다
거짓 피의 강이 흐르고
별들로 꽃핀 나무 아래는
광대 하나가 유일한 행인

한줄기 차가운 광채가 번뜩여
배경 위에 네 뺨 위에 폭발한다
권총 한 발 비명 하나
어둠 속에서 초상화 하나가 미소 지었다

액자의 유리는 깨어진다
규정할 수 없는 곡조 하나가

Hésite entre son et pensée

Entre avenir et souvenir

O ma jeunesse abandonnée

Comme une guirlande fanée

Voici que s'en vient la saison

Des regrets et de la raison

주춤거린다 소리와 생각 사이에서
미래와 추억 사이에서

오 시든 꽃줄 장식처럼
버림받은 내 청춘이여
바야흐로 회한과 이성의
계절이 찾아온다

*아폴리네르가 1917년 소책자로 발간했던 시. 이 시의 라틴어 제목 "Vitam impen-
dere amori"는 루소의 좌우명 "Vitam impendere vero(진리에 목숨을 걸다)"를 변
형한 것으로 알려져 있다. 이 시편의 번역도 플레야드 판 시전집을 대본으로 삼았다.

동물시집

초판 1쇄 발행 2023년 4월 28일
초판 2쇄 발행 2023년 7월 28일

글쓴이 기욤 아폴리네르
옮긴이 황현산
펴낸이 김민정
책임편집 권현승
편집 유성원 김동휘
디자인 한혜진
저작권 박지영 형소진 최은진 서연주 오서영
마케팅 정민호 박치우 한민아 이민경 박진희 정경주 정유선 김수인
브랜딩 함유지 함근아 박민재 김희숙 고보미 정승민 배진성
제작 강신은 김동욱 이순호
제작처 더블비(인쇄) 경일제책사(제본)

펴낸곳 (주)난다
출판등록 2016년 8월 25일 제406-2016-000108호.
주소 10881 경기도 파주시 회동길 210
전자우편 nandatoogo@gmail.com **페이스북** @nandaisart **인스타그램** @nandaisart
문의전화 031-955-8853(편집) 031-955-2689(마케팅) 031-955-8855(팩스)

ISBN 979-11-91859-49-2 03860

- 이 책의 판권은 지은이와 (주)난다에 있습니다.
- 이 책 내용의 전부 또는 일부를 재사용하려면 반드시 양측의 서면 동의를 받아야 합니다.
- 난다는 (주)문학동네의 계열사입니다.
- 잘못된 책은 구입하신 서점에서 교환해드립니다.
  기타 교환 문의: 031-955-2661, 3580